AF463772

OBSERVATIONS

HISTORIQUES ET CRITIQUES

SUR

LA VIE

DU BRAVE CRILLON.

Mulieres in ecclesiis taceant.
1. Cor. XIV, 34.

A LONDRES.

M. DCC. LVIII.

OBSERVATIONS

HISTORIQUES ET CRITIQUES

SUR

LA VIE

DU BRAVE CRILLON.

Mulieres in ecclesiis taceant.

I. *Cor.* XIV, 34.

IL est difficile de renoncer aux anciennes habitudes. Mademoiselle de Lussan, qui a débuté par des Romans, en conserve le goût dans ses Histoires. Celle du *brave Crillon* en particulier peut justifier cette remarque. On y trouve beaucoup d'exagération & de petits détails. On seroit même tenté en la lisant, de croire que *Crillon* n'a servi que de prétexte à Mlle de Lussan pour exécuter un dessein tout opposé. En effet, on ne conçoit pas pourquoi elle ne cite, pour garants des faits qu'elle avance, que des auteurs obscurs, tels que *Graveson*, *Peyrus*, *Gaufridi*, le Pere *Anselme*, *Bening*, *Viginer*, *Tortora*, *Cesar Nostradamus*, & *Girard*; ou bien des menteurs & des calomniateurs avérés comme *Varillas*, *Davila*, & leurs semblables. Si son dessein n'avoit été que d'illustrer son héros, elle auroit beaucoup mieux réussi en puisant dans *de Thou*, dans les Mémoires de la Reine *Marguerite*, & autres sources respectables. Mais il ne lui suffisoit pas de louer *Crillon*, il falloit aussi dire du mal des Protestans : & pour ce dessein, les *Davila* & les *Varillas* étoient bien mieux son fait que les *de Thou* ou les *Mézerai*.

LIVRE PREMIER.

De 1541 à 1567.

JE ne chercherai point à diminuer le mérite de *Crillon : Il étoit le brave des braves.* Incapable de flatter, sa sincérité alloit jusqu'à la rudesse. Il fut toujours discret, esclave de sa parole, libéral, généreux, fidèle à son Roi : mais ses vertus étoient obscurcies par un caractère violent. Sa délicatesse sur le point d'honneur alloit à l'excès. Il se portoit souvent aux dernières extrémités. Il faisoit consister la principale vertu d'un gentilhomme à se bien battre. Sa franchise pouvoit se nommer brutalité ; & les juremens les plus affreux accompagnoient toujours son langage. Tel étoit dans le vrai le *brave Crillon :*

Mademoiselle de Lussan n'a pas osé le dissimuler elle-même (*a*).

Que la maison de *Balbe-Berton de Crillon* descende du consul Romain Balbus, qui vint s'établir à Quiers, dans le sixième siècle, ce sont des discussions historiques dans lesquelles nous n'entrons point. *Crillon* a été un homme illustre : Fut-il le premier de sa race, on devroit l'estimer. Il est prouvé que Guido Berton des Balbes jouissoit à Quiers en 1179 d'une prééminence singulière qui avoit été possédée par ses ancêtres depuis plusieurs siècles ; qu'il épousa Esmaregle de Carette, issuë des souverains de Savonne ; que son fils Reymaldus s'allia avec Marie Colonne ; & que Reymondus, son

(*a*) *Vie du* brave Crillon, *tome II, liv.* 1, *pages* 190 & 191.

petit-fils, épousa Alexie Biandratte, fille d'un Souverain du Novarois. Cela suffit bien pour établir l'ancienneté de sa maison. Elle a fait depuis des alliances avec celles des Ursins, de Saluce, de Visconti, de Solar, de Broglie, de Ruis d'Arragon, de Brissac, de Joyeuse, d'Albertas, de Simiane, & de Brancas. Elle a produit un nombre considérable de Chevaliers de l'ordre de Jérusalem, un Chevalier de l'Annonciade, plusieurs Chevaliers de l'ordre du Roi, & deux Cordons bleus; un Conseiller d'état en France, deux Archevêques, un Evêque. Les chefs des deux branches ainées ont toujours eu le titre de Comtes en Piémont: rien ne manque donc à leur illustration.

Louis Balbe-Berton de Crillon, dont on fait l'histoire, étoit le ſecond fils de *Gilles* ſecond. Il fut Chevalier de Malthe, & Cordon bleu. Il naquit à Murs en Provence, en 1541, ſous le règne de François premier. On nous dit ſans preuves, qu'il fit ſes études avec ſuccès à Avignon. Ce qui eſt plus certain, c'eſt qu'il fit ſa première campagne à l'âge de dix-ſept ans au ſiége de Calais, en qualité d'Aide de camp du duc de Guiſe. A cette occaſion, Mademoiſelle de Luſſan nous fait un portrait de Henri II, qui n'eſt pas mal deſſiné (*b*). Mais on a lieu d'être ſurpris qu'une perſonne auſſi éclairée attribue à la piété d'un Prince, toujours gouverné par ſes favoris, les ſanglants édits qu'il donna contre les ſectateurs du Proteſtantiſme (*c*). Quelle

(b) *Tome I. liv.* 1, *pages* 11 *&* 12.
(c) *Tome I. page* 13.

idée se formeroit Mademoiselle de Lussan de *Suetone*, si cet Auteur disoit, que c'étoit par un sentiment de piété que Néron faisoit graisser le corps des Chrétiens, pour servir de fanal aux passans? & quelle idée veut-elle que nous ayons d'elle-même, lorsqu'elle tient un pareil langage au sujet de Henri II?

On nous dit tout de suite, que Henri II se ligua contre l'Empereur Charles Quint avec plusieurs Princes d'Allemagne. On n'auroit pas manqué, sans doute, de nous apprendre que ces Princes étoient Protestans, si l'on n'avoit craint de nous faire refléchir sur la bisarrerie de la piété d'un Roi qui bruloit sans miséricorde, les Protestans en France, tandis qu'il les soutenoit en Allemagne.

Philippe second, Roi d'Espagne, n'étoit ni sage ni bon politique, comme Mademoiselle de Lussan voudroit nous le persuader. Sa tyrannie lui fit perdre la meilleure partie des Pays-bas; il n'attaqua les Anglois qu'à sa honte; & il ne tira aucun parti des troubles qu'il avoit excités en France. Après un long règne, presque toujours malheureux, la main de Dieu s'appesantit sur lui & il subit le sort d'Hérode(*d*).

On ne s'attendoit pas que la conduite de l'Amiral de Coligny dans la vigoureuse défense de saint Quentin, fût taxée de témérité. » Il avoit résolu, *dit* » *Mademoiselle de Lussan*, de » s'y enterrer avec la garnison, » dont il ranimoit le courage par » le sien, en montrant plus de » fermeté que jamais. Sans s'ef- » frayer des onze grandes brê-

(d) *Il mourut de la maladie pédiculaire.*

» ches que les Espagnols avoient » faites à la muraille, il faisoit » exécuter ses ordres par-tout » avec une présence d'esprit ad- » mirable, & beaucoup d'intré- » pidité ». Si Mlle de Lussan prenoit la peine de réfléchir sur ce qu'elle compose, elle eût trouvé un héros du premier ordre, & non pas un téméraire. Saint Quentin étoit alors l'unique boulevard de la France du côté de la Picardie. On étoit déjà au vingt-sept d'août, & il étoit impossible de refaire une autre armée. En cet état, rien de plus indispensable que de retarder le plus que l'on pouvoit, & à toutes sortes de risques, la perte d'une place qui empêchoit seule les ennemis de s'avancer jusqu'à Paris (*e*). Il est vrai que la ville fut emportée d'assaut : mais les

(e) *Tome I. liv. 1. pages* 17, 18, 19.

assiégeans y firent une si grande perte, que tout leur avantage se borna à faire quelques ravages dans l'Isle de France. Pendant ce temps-là, le Duc de Guise enleva Calais aux Anglois, avec d'autant plus de facilité, que Philippe second ne les voyoit pas de bon œil dans son voisinage. La dissimulation dont on raconte que le duc de Guise usa, quand il fallut déterminer le conseil de France à faire ce siége, ne fait pas honneur à ce grand capitaine. Il cherchoit à mettre sa réputation à couvert, quel qu'en fût l'événement. Calais ayant capitulé, *Crillon* continua de se distinguer à la réduction de Guines. Henri second recompensa sa valeur naissante par une Compagnie de cinq cent hommes dans la légion de six mille hommes du baron des Adrets, & par un bon bénéfice. On lui a vu posséder depuis l'Archevêché d'Arles, les Evêchés de Fréjus, Toulon, Senès & saint Papoul, & l'Abbaye de l'Isle-Barbe qu'il faisoit desservir par des *custodinos*, comme on s'exprimoit en ces temps-là (*f*).

On ne voit pas à quel propos on fait mention ici de l'emprisonnement de Dandelot, frère de l'Amiral, à qui le Roi ôta sa charge de Colonel général de l'Infanterie, parce que ce brave officier étoit protestant. Les Rois sont bien à plaindre, quand ils se laissent conduire par des gens qui leur persuadent qu'ils doivent se priver des services des plus grands hommes, dès qu'ils ont des sentimens opposés sur la religion. Quoi qu'il en soit, l'année 1559 vit éclore la paix

(f) *Tome I. liv.* 1. *page* 35.

du Câteau-Cambresis, si deshonorante pour le nom François. Elle fut l'ouvrage du Connétable (*g*). Henri II périt, comme chacun sçait, au milieu des divertissemens qui la suivirent. François second son successeur, encore enfant, infirme, & d'un génie borné, règna moins qu'il ne fit règner les Guises. Cette prédilection pour ces étrangers allarma les Princes du sang, le Connétable, & la Reine mère. Cette dernière nous est représentée par les meilleurs auteurs contemporains, & par les modernes, comme un véritable monstre. L'idée que nous en donne Mademoiselle de Lussan, quoique flattée, n'est pas absolument avantageuse, & peut servir de clef pour remonter à la source des guerres civiles qu'elle décrit

(g) *Tome I, liv. 1, page 40.*

avec trop de particularité.

Catherine de Médicis, suivant notre historienne, *avoit l'esprit souple* (h), *insinuant, fécond en bons & mauvais expédiens, & capable de toutes sortes de finesses. Maîtresse de ses premiers mouvemens, à l'épreuve des remords, elle prenoit sans aucun scrupule pour arriver à ses fins les routes qui lui paroissoient les plus sûres. Elle perfectionna ses dangereux talens par la lecture de Machiavel, que, dans ce temps-là, on appelloit* le Bréviaire de la cour. *Sa religion, qui étoit assez équivoque, plioit souvent sous les maximes de sa politique. Possédée du desir de gouverner, elle ménagea les Huguenots, pour s'en servir dans les occasions.*

Est-il bien surprenant, que sous la régence d'une pareille Prin-

(h) *Tome I. liv.* 1. *pages* 45, 46 & 47.

cesse, la France ait été mise à deux doigts de sa perte : sur-tout si l'on y joint les mécontentemens réels des Grands de l'état & des Princes du sang ? Un Monarque foible pouvoit-il balancer assez habilement trois grandes factions ennemies, telles qu'étoient celles des Guises, du Connétable, & des Princes du sang appuyés des Protestans ? Au surplus, Mademoiselle de Lussan fait à la maison de Bourbon une offense gratuite, en supposant que ses intérêts, qui lui dictoient de se rendre redoutable, lui firent prendre la cruelle résolution d'exciter une guerre civile, en faisant entrer dans ses vûës les Huguenots (*i*).

Les Princes du sang avoient un juste sujet de se plaindre de ce que toute l'autorité d'un

(i) *Tome I. liv. 1. page 49.*

Roi de ſeize ans, toujours malade & incapable de gouverner par lui-même, étoit dépoſée entre les mains des Guiſes. Le Connétable, & tout ce qu'il y avoit de diſtingué dans le royaume, étoient dans les mêmes ſentimens. Les Proteſtans penſoient comme eux ſans doute, mais ils ne faiſoient pas le grand nombre parmi les mécontens. On peut donner un libre cours à ſon imagination, quand on compoſe des romans; mais il faut plus de préciſion & d'impartialité, quand on veut écrire l'hiſtoire. Au reſte, le Roi de Navarre eſt ici bien repréſenté. Son humeur lente, paiſible & voluptueuſe; ſon caractère modéré & patient; ſon eſprit crédule; l'eſpérance de recouvrer ſes états envahis par les Eſpagnols le rendoient peu conſidérable:

Et toujours de ses mains préparant ses malheurs,
Il vainquit & mourut pour ses persécuteurs (i).

Le Prince de Condé son frere n'étoit point inquiet ni remuant. Les bons procédés & la modération n'étoient point pour lui des vertus inconnuës, comme notre auteur le prétend (*k*). De Thou, le Laboureur, Castelnau, Mézeray & beaucoup d'autres, nous le dépeignent comme le plus grand Prince de son temps ; mais Mademoiselle de Lussan n'a consulté que Davila, Varillas & leurs semblables, qui en ont parlé differemment. On nous dit *que les sectateurs de Calvin n'attendoient qu'une occasion pour se soulever*. Si cela étoit vrai, que ne l'avoient-ils donc fait après la défaite de

(i) *Voltaire*, Henriade.
(k) *Tome I. liv. 1. pages 50 & 51.*

Saint-Quentin, & lorſque l'ennemi étoit campé à Noyon en 1559 ? Il y a peu de générosité aſſurément à imputer des crimes imaginaires à un parti qui eſt ſi fort humilié en France ! On ne prétendoit pas non plus maſſacrer les Guiſes à Amboiſe : l'Hiſtorien Caſtelnau, qui leur étoit dévoué, aſſure lui-même *que l'on vouloit ſeulement les remettre aux états, pour leur faire leur procès juridiquement.* Au fond, ce furent deux Proteſtans qui découvrirent le projet, & qui n'en reſtèrent pas moins fermes dans leurs principes. Quand on lit dans de bonnes ſources ce qui a rapport à toute cette affaire, on ne peut qu'être indigné de la barbarie épouvantable, & de la diſſimulation honteuſe du duc de Guiſe : mais il eſt bien difficile ſur-tout de passer à Mademoiselle de Lussan la manière froide & didactique dont elle raconte la proscription du Prince de Condé. Un Prince du sang de France, frère du Roi de Navarre, Pere de tant de héros, condamné à mort par des étrangers, & par des commissaires vendus à l'iniquité, est un fait si revoltant, que c'est se deshonorer soi-même que de se borner à le rapporter si laconiquement (*l*).

Charles IX, âgé de dix ans, ayant succédé à son frère en 1560, trouva les trois factions réduites à deux. Le Roi de Navarre & le Connétable avec la plupart de leurs partisans s'étoient joints aux Guises; & les autres s'étoient unis aux Bourbons & aux Protestans. Mademoiselle de Lussan, d'après le *Mémoire co-*

(l) *Tome I. liv. 1. page 56.*

Critique, trouvera peut-être mauvais que je ne me ſerve pas de l'épithète de huguenots : mais je la prie de me permettre de lui faire obſerver que les termes injurieux ne conviennent à aucun Auteur ; & beaucoup moins encore à une Dame & à un Eccléſiaſtique, dont la décence & la modération doivent être le caractère. Le Connétable, le Duc de Guiſe & le Maréchal de ſaint André, formèrent ce fameux triumvirat ménagé par la Ducheſſe de Valentinois, maitreſſe du feu Roi, & ennemie déclarée de la Reine douairière. Le Connétable craignoit, dit Mézeray, qu'on ne lui demandât compte des deniers publics; le duc de Guiſe, prétendant être iſſu de Charlemagne, ſe flattoit d'exclure les Bourbons du trône ; &, ſi nous en croyons Mademoiselle de Lussan (*m*), le Maréchal de saint André ne s'étoit jetté dans les intérêts du Duc de Guise que pour sauver sa fortune ; c'étoit un voluptueux, un Lucullus : voilà des motifs d'union bien légitimes ! la bonne cause & le bon parti avoient d'admirables soutiens ! Un avare, un ambitieux, & un homme perdu de débauche, capable de conseiller à ses associés *de mettre la Reine régente dans un sac & de la jetter dans la rivière*, ne pouvoient manquer de rendre de bons services à Dieu & à l'Etat ! Catherine de Médicis, qui ne l'espéroit pas, crut maintenir toutes choses dans l'ordre en accordant en 1562. aux Protestans qui n'avoient point encore armé la pleine liberté de

(m) *Tome I, liv. 1, pages 58, 59, 60, 63 & 64.*

conſcience. C'eſt ce qu'on appella l'*Edit de janvier*. Tous les Parlemens l'enregiſtrèrent ; mais les triumvirs ne manquèrent pas de réclamer contre. Ils ſe ſaiſirent du jeune Roi malgré ſa mère, & l'emmenèrent de Fontainebleau à Paris *tout pleurant*. Mézeray a relevé cette circonſtance : pour Mademoiſelle de Luſſan, elle la paſſe ſous ſilence comme indigne de la majeſté de l'hiſtoire. Elle n'a fait que gliſſer ſur le maſſacre des Proteſtans de Vaſſy, commis ſous les yeux du Duc de Guiſe ; mais il eſt vrai qu'elle fait mention des quatre lettres que la Régente écrivit alors au prince de Condé (*n*). *Malgré l'artifice qu'elle y employoit*, dit-elle, *on y voyoit clairement combien elle favoriſoit le parti des huguenots*. Tout

(*n*) *Tome I, liv. 2, page 63.*

l'artifice est ici dans l'historienne. Catherine de Médicis y supplioit en propres termes le Prince de Condé & les Protestans *de la tirer, elle & ses enfans, des mains des triumvirs, qui vouloient tout perdre.* Catherine de Médicis étoit Régente & mère du Roi. Les triumvirs qui la violentoient, & *Crillon* qui suivoit le parti des triumvirs, étoient donc des rebèles, à moins que l'on ne veuille dire qu'ils avoient raison, parce que la force étoit de leur côté.

Mademoiselle de Lussan reconnoît que le Cardinal de Chatillon, Archevêque de Toulouse & de Bordeaux, Evêque & Comte de Beauvais, faisoit honneur à ses dignités ecclésiastiques par la délicatesse d'un esprit aussi cultivé qu'éclairé (o) : mais elle

(o) *Tome I, liv. 1, page 67.*

empoisonne

empoisonne aussi-tôt ce bel éloge en attribuant son changement de religion aux charmes d'Isabelle de Hauteville, Dame de Loré. Ignoroit-elle donc, que ce Prélat avoit embrassé la religion protestante longtemps avant son mariage ? On ne veut pas s'assujettir à des recherches : un coup de langue est bien plutôt donné.

Au reste, on ne sçait pas pourquoi Mademoiselle de Lussan a chargé son histoire de toutes ces anecdotes, si ce n'est pour y mettre un intérêt, qu'elle n'auroit pas trouvé en ne rapportant simplement que les faits qui regardent le brave Crillon, & qui dans son livre se réduisent à des combats singuliers, des villes forcées ou défendues, & à quelques batailles données, dont elle ne donne encore que des descriptions très-foibles. Et ce recit sec & monotone auroit fourni un demi-volume au plus. Elle a donc imité Pindare, qui se jettoit sur les louanges de Castor & de Pollux, quand il ne sçavoit plus que dire de son athlète couronné. C'est par la même raison sans doute, que l'on nous entretient des négotiations du Prince de Condé en Allemagne & en Angleterre: négociations que l'on ne manque pas d'envenimer, en nous racontant une fable au sujet de Pienne & de Morvilliers, « où le Prince de Condé, » nous dit-on, oubliant qu'il » avoit l'honneur d'être du sang » de son Roi, qu'il pouvoit peut-» être même voir la couronne » de France placée sur sa tête, » lut, sans frémir d'horreur, les » demandes d'Elisabeth. » Pourquoi non? puisque la Reine régente étoit réduite à conjurer le Prince de Condé de délivrer son fils, *à quelque prix que ce fût*, de la tyrannie des ennemis de l'état (*a*). Mademoiselle de Lussan, qui nous parle tranquillement de l'état affreux de cette Princesse, a-t-elle bonne grace de garder ses *frémissemens* & son *horreur* pour celui qui ne s'unissoit avec des voisins alors paisibles, que pour la tirer de captivité? Disons-le après elle, & plus à propos : *Quel est le pouvoir de la passion sur les hommes!*

C'est abuser de la confiance du public, d'avancer que Catherine de Médicis abandonna les Protestans, parce qu'ils avoient traité avec les étrangers & fait imprimer ses lettres & elle ne fit pas difficulté d'introduire

(p) *Tome* 1. *liv*. 1. *page* 69.

elle-même les Espagnols dans la cour de France : & par rapport à ses lettres, pour justifier la prise d'armes, il fallut bien les publier. Parlons sans déguisement : Catherine ne changea de parti que par force, & par la crainte de perdre son autorité. Le 20 Septembre 1562 les Triumvirs assiégerent la ville de Rouen ; Mademoiselle de Lussan en renforce, de sa grace, la garnison jusqu'à quatre mille hommes : *de Thou* ne la fait monter qu'à treize cent. Quoiqu'il en soit, *Cril-lon* se distingua à la prise du Fort Sainte Catherine & au second assaut, dans lequel les assiégés furent forcés, & la ville horriblement saccagée (*q*).

Le Roi de Navarre mourut le 17 de Novembre des suites d'une blessure reçue le 28 Octobre dans

(q) *Tome 1, liv. 1, page 79.*

la tranchée. Il parut dans ses derniers momens embrasser les sentimens de ceux de la confession d'Ausbourg. Sa mort rendit les Triumvirs tout-puissants, & les engagea à rejetter toutes sortes de propositions de paix. On nous assure (*r*) que l'accommodement manqua *par l'artifice des Huguenots* ; mais c'est que l'on ne se souvient plus d'avoir dit *que Machiavel étoit le bréviaire de la Cour* : un romancier ne doit jamais manquer de mémoire.

L'Amiral de Coligny ne songeoit pas à assiéger Dreux, & il ne fut point saisi de frayeur, malgré la supériorité du nombre de ses ennemis. La bataille du 20 Décembre 1562 ne décida de rien ; chaque armée laissa quatre-mille morts sur la place. Le Prince de Condé & le Conné-

(r) *Tome* 1. *liv.* 1. *page* 81.

table furent fait prisonniers ; le Maréchal de Saint André fut tué par Boligny-Meziere, Catholique Romain, son ennemi: en un mot, le Duc de Guise avec tout son monde, ne gagna que le champ de bataille.

Passons à l'année 1563. On a bientôt fait de dire que l'Amiral désola la Normandie avec fureur ; & que ses soldats, cruels & avides, étoient aussi insensibles à la destruction de leurs concitoyens, qu'insatiables de pillage. On devroit bien du moins citer ses autorités : ce qui est certain, c'est que si l'on avoit consulté *de Thou, Castelnau, le Laboureur, Prieur de Juvigné & Mezeray*, on n'auroit pas touché cette corde.

Le Duc de Guise fut tué par Jean Poltrot de Moré, Gentilhomme de l'Angoumois, tandis qu'il pressoit le siége d'Orléans, que Dandelot défendoit avec un courage intrépide (s). Les plus puissans entre les Protestans, & en particulier Théodore de Beze & l'Amiral, n'eurent aucune part à cette action exécrable. Poltrot n'avoit point de complice. Si l'Amiral ne put dissuader à ce sujet le plus grand nombre de ses adversaires, c'est qu'il y a une infinité de gens qui ne veulent jamais être détrompés. Poltrot étoit un cerveau brûlé; & ses dépositions, en les supposant véritables, forment un tissu de contradictions, de retractations, & d'absurdités méprisables.

Il s'en faut tout que le Duc de Guise méritât les éloges qu'on lui prodigue (t). La religion

(s) *Tome 1. liv. 1. pages 90 & 92.*

(t) *Tome 1. liv. 1. pages 93, 94, 95, 96, & page 128.*

n'avoit en lui qu'un défenseur intéressé qui cherchoit à en imposer aux simples. Loin de soutenir l'état, il n'aspiroit qu'à y dominer. Il avoit réduit la famille royale en servitude, & travailloit à ôter aux Bourbons tout espoir de parvenir à la royauté. L'historiette qui suit n'est bonne qu'à tenir place dans une oraison funèbre. Il y a apparence qu'elle a beaucoup frappé Mademoiselle de Lussan, car nous verrons qu'elle la répétera trente-cinq pages plus bas. Tout le monde sçait que le Duc, ainsi que le Cardinal de Lorraine, panchoient pour la confession d'Ausbourg ; & qu'ils ne firent les zélés Catholiques que parce que cela s'accommodoit mieux avec l'ambition dont leur ame étoit possédée.

Dès que ce grand ennemi des

Princes du ſang ne fut plus, la paix ne tarda pas à ſe faire à-peu-près ſur le pied de l'édit du mois de Janvier. Les Proteſtans rendirent les places & les égliſes dont ils étoient maîtres; on remit les priſonniers en liberté, & on accorda un prêche dans une ville par chaque bailliage. Dès que l'édit eut été enregiſtré, le jeune Duc de Guiſe & l'Amiral ſe réconcilièrent; les deux armées n'en firent plus qu'une; & l'Amiral contribua plus que perſonne à chaſſer les Anglois du Havre, où ils avoient trouvé moyen de ſe cantonner.

Il étoit clair par cette conduite, que ce grand homme ne ſongeoit pas à remuer. Mais, comme a fort bien remarqué Mézerai, *il étoit reconcilié avec la Cour: mais la Cour n'étoit pas reconciliée avec lui*. L'édit de

Roussillon, du mois de Juillet 1564 commença par restreindre beaucoup la liberté de conscience (*u*). Un an après, on tint la fameuse Conférence de Bayonne avec le sanguinaire Duc d'Albe, & la ruine des Protestans y fut concertée. On peut dater de-là cette sainte union mieux connue sous le titre odieux de *la Ligue*. Elle prit pour chef le jeune Duc de Guise, dont on nous présente un portrait flatté. Il y auroit de l'injustice à soutenir qu'il n'étoit pas doué de plusieurs belles qualités : Mais son ambition démesurée qui le porta à cabaler, pour ôter la couronne à son Roi, dans l'espérance de la faire passer sur sa tête ; son ardeur effrénée pour la vengeance, qui inonda toute la France de sang ; & ses sales voluptés, ne

(u) *Tome I. liv. 1. pages 99 & 100.*

permettoient pas de le faire figurer parmi les héros du premier ordre.

Charles IX n'avoit pas raison de trouver hardies & séditieuses les remontrances que lui fit le Prince de Condé en 1565 sur les grands armemens des Espagnols. Mademoiselle de Lussan avoue elle-même qu'il n'avança que la maxime la plus constante & la plus observée (*x*). Cette maxime est qu'un Prince doit augmenter ses troupes, quand ses voisins lui en donnent l'exemple. Au surplus, la Cour ne cherchoit que des prétextes, & se faisoit un capital de dissimuler & d'abuser. Elle séduisoit par de belles paroles, & ne faisoit des promesses solemnelles qu'avec le dessein formé de mieux tromper. Mademoiselle de Lussan

(x) *Tome I. liv.* 1. *pages* 104 & 105.

nous le dit positivement (*y*). Après de pareils aveux, Mademoiselle de Lussan doit-elle trouver si étrange que le premier Prince du sang ait essayé à son tour d'ôter un jeune Roi d'entre les mains d'une Princesse *artificieuse*, que la soif de dominer déterminoit uniquement? Fiere des grandes levées qu'elle avoit faites dans la Suisse catholique, par le moyen du colonel Pfiffer, elle croyoit n'avoir plus rien à ménager : On bruloit de toutes parts les Temples; on assassinoit les Ministres jusques dans leurs chaires : on égorgeoit les Protestans par milliers (*z*). Faut-il donc être surpris qu'ils aient préféré une guerre ouverte à une prétendue paix, qui les tenoit

(y) *Tome I. liv.* 1. *pages* 105 & 106.

(z) *De Thou & Mézeray sur ces années.*

dans la plus désespérante des situations ?

LIVRE SECOND.

De 1567 à 1574.

DANS une aussi dure extrémité le Prince de Condé leva quelque monde dans l'Isle de France, en Champagne, en Normandie & en Gascogne, & marcha du côté de Meaux où étoit la Cour. Mademoiselle de Lussan crie *aux revoltés*. Mais si le Prince fût venu à bout de son entreprise, qu'il eût mis le Roi de son côté, & qu'agissant ensuite sous son nom, il eût fait rendre compte des deniers publics au Connétable, il seroit royaliste aujourd'hui pour notre historienne, & pour bien d'autres, que les événemens seuls décident. C'est ce qu'ont dit avant moi *Castelnau* & *le Laboureur*, qui ne sçauroient être suspects.

Le coup manqua, & le Roi fut conduit, par six mille Suisses à Paris (*a*). Ce fut la faute de l'Amiral, qui se laissa amuser à l'ordinaire par de feintes négociations. Il donna jusqu'à sa mort dans ce siége, *de Thou* & *Mézeray* nous en sont témoins. Il jugeoit de la bonne foi des autres par la sienne. Ce sage guerrier, dont la postérité règne aujourd'hui par les femmes en Saxe & en Brandebourg, *aimoit la France, & avoit en horreur la guerre civile*. Il vouloit la prévenir à toutes sortes de prix. Avoit-il remporté quelque avantage? se voyoit-il à la tête d'une armée nombreuse & aguerrie? on lui faisoit tomber les armes

(a) *Tome I, liv. 2, pages* 111.

des mains, en lui accordant *tout son saoul de prêches*, suivant l'expression de Catherine de Médicis, que le père Maimbourg nous a conservée. Ses partisans étoient animés du même esprit : ils ne soupiroient qu'après la liberté de leur conscience ; ils ne stipuloient point de dignités, d'honneurs, de grosses sommes d'argent. Dès qu'on promettoit de ne les plus pendre ou massacrer pour leurs opinions, ils étoient contens : le roi n'avoit point de sujets plus fidèles.

Dès que Catherine fut en sureté, les Protestans furent déclarés rebelles. Irrité de s'être laissé tromper si grossièrement, l'Amiral bloqua Paris, qui ressentit bientôt les suites fâcheuses de la disette. Cela engagea le 10 novembre 1567 la bataille de saint Denis. Les Royalistes y étoient huit contre un : ils avoient une bonne artillerie pour le temps, & Paris à leurs épaules. Le Prince de Condé n'avoit que quinze cent gentilshommes, & douze cent hommes de pied ; & sa gendarmerie n'étoit armée que de perches ferrées qu'elle avoit prises à la foire de saint Denis. Avec cela, elle se battit si bien, que l'Envoyé des Turcs, qui étoit à Paris, la voyant revenir sans cesse à la charge, ne put s'empêcher de dire, que pour conquérir toute l'Europe *il ne souhaiteroit que six mille de ces casaques blanches à son Sultan*. Les Protestans furent accablés par le nombre : mais leurs adversaires payèrent ce frêle avantage bien cher. *Crillon* fut mis hors de combat, & le Connétable fut tué d'un coup de pistolet par Robert Stuart, Gentilhomme

Ecoſſois (*b*).

Je me crois autoriſé à relever ici une faute commune à Mademoiſelle de Luſſan ; c'eſt que quand elle décrit des batailles & des ſiéges, elle n'entre point aſſez dans les détails indiſpenſables. On ne trouve ni la poſition ni la force des corps reſpectifs, ni les noms de ceux qui ſe ſont ſignalés, ni l'état des morts, des bleſſés & des priſonniers. En vérité, ce n'eſt pas ainſi qu'on traite l'hiſtoire. Elle n'a pas même daigné parler de la paix de 1568 : paix de trahiſon, & de la plus odieuſe infidélité. On ne faiſoit la paix avec les Proteſtans, que pour ſe mettre mieux en état de les écraſer : *Mezeray* & *de Thou* nous en aſſurent. A peine celle-ci fut-elle conclue, qu'on chercha à enlever l'Amiral & le Prince de Condé ; & ce ne fut qu'avec des

(*b*) *Tome I, liv. 2, page* 113.

peines infinies qu'ils évitèrent les piéges qu'on leur tendoit de toutes parts, & qu'ils se sauvèrent à la Rochelle. Ces manœuvres inexcusables occasionnèrent en 1569 la troisième guerre, qui fut bien funeste aux Protestans, sans procurer aucun avantage réel à leurs adversaires.

Mlle. de Lussan expédie en quatre mots la sanglante bataille de Jarnac (*c*), où le Prince de Condé déjà blessé, étendu au pied d'un arbre, & prisonnier de bonne guerre, fut assassiné brutalement par le Baron de Montesquiou, capitaine des gardes du Duc d'Anjou. On a dissimulé prudemment cette circonstance qui ne se trouve pas sans doute dans Graveson, Vening & Davila : passons-lui cette infidélité

(c) *Tome I, liv. 2, page 115.*

en ſaveur du bel éloge qu'elle fait de ce grand Capitaine (*d*). Le Duc d'Anjou triompha de ſa mort d'une façon vraiment deſhonorante. *Crillon* réduiſit enſuite la ville de Mucidan ; & au mépris de la capitulation, il y laiſſa exercer des horreurs qui ſont frémir. C'étoit le génie de ſon parti, & il n'en fut pas moins fait Meſtre de camp le 7 mai 1569.

Les Proteſtans perdirent dans le même-temps le brave Dandelot; mais ils reprirent courage par l'arrivée des Princes de Bearn & de Condé, qui vinrent faire leurs premieres armes ſous les yeux de l'Amiral. Ils débutèrent par faire des propoſitions de paix fort raiſonnables (*e*). Mlle. de Luſſan dit que la Cour les rejetta, *parce qu'elle étoit rebutée de ce*

(d) *Tome I. liv.* 2. *pages* 115 & 116.

(e) *Tome I. liv.* 2. *page* 118.

langage, & persuadée de la mauvaise foi des huguenots. Qu'elle brule donc tous les exemplaires de de Thou & de Mezeray, qui leur accordent des dispositions toutes contraires. La fierté de Catherine de Médicis étoit au surplus bien naturelle. Le Prince de Condé étoit mort, les Protestans avoient perdu trois batailles, il ne paroissoit pas vraissemblable qu'ils pussent se relever jamais. Ils le firent pourtant, & désirent les ligueurs le 25 juin suivant (*f*). Mlle. de Lussan n'en convient presque pas, mais la chose n'est pas moins certaine (*g*). Ils vinrent ensuite mettre le siege devant Poitiers. Le brave Comte du Lude, Gui de Daillon, les Ducs de Guise & de Mayenne, & le Chevalier de *Crillon*

(f) *Tome I. liv. 2. page* 119.
(g) *De Thou & Mézeray.*

qui y fut blessé, y firent une très-belle défense : mais il n'y a rien de fort étonnant : ils avoient avec eux *trois mille fantassins*, *douze cent cavaliers*, *plusieurs Seigneurs de marque*, & beaucoup de gens de condition & de mérite (*h*) : avec une pareille garnison St Denis eut été un poste imprenable, sur-tout pour les petites armées de ce temps-là. Poitiers auroit pourtant ouvert ses portes si le Duc d'Anjou n'eût fait une diversion sur Chatellerault. L'Amiral, pour qui cette place étoit de la derniere importance, abandonna aussi-tôt Poitiers, & obligea le Duc d'Anjou de renoncer à son entreprise. Notre historienne tourne les choses différemment : mais que l'on consulte les bons auteurs, c'est toute la grace que je deman-

(h) *Tome* 1. *liv.* 2. *page* 120.

de pour mes remarques.

On vient nous dire qu'il ne tenoit qu'au Duc d'Anjou d'enfermer les Protestans dans la plaine de Moncontour ; que la plupart de ses soldats venus des provinces du midi vouloient s'en retourner dans leurs pays, & que leur chef craignoit même qu'ils ne le livrassent à ses ennemis pour se racheter de la punition qu'ils avoient méritée. On ajoute que l'Amiral vouloit se rendre maître de la personne du Duc d'Anjou, pour se venger sur lui de la Reine sa mere, qui avoit voulu le faire empoisonner, & qui avoit mis sa tête à prix. Sur quoi fonde-t-on ces idées aussi fausses que contradictoires ? L'Amiral, trop inférieur en nombre, après avoir dégagé Chatellerault ne songeoit qu'à faire retraite ; & ce ne fut que malgré lui qu'il se vit forcé de tenter la fortune sur un terrein desavantageux. Cette bataille du 3 Octobre 1569 se donna à Moncontour. L'amiral y fut dangereusement blessé, & son infanterie y fut presqu'entierement détruite, les royalistes ayant refusé de faire quartier. C'est dans cette occasion que l'on nous entretient d'un petit conte, qui par malheur est une copie de celui dont on a régalé le lecteur en l'honneur & gloire du Duc de Guise (*e*).

Le duc d'Anjou perdit tout le fruit de sa victoire, en s'opiniâtrant à prendre des villes qui se défendirent longtemps. Pour se venger des pertes qu'il y avoit souffertes, il les dévastoit impitoyablement au mépris de la foi donnée; mais Mlle. de Lussan a

(i.) *Tome I. liv. 1. pages 93 & 128.*

soin d'épargner au lecteur le recit de ces bagatelles. Le Poitou & la Xaintonge tomberent au pouvoir des vainqueurs. Saint Jean d'Angeli, où commandoient ces braves capitaines de Piles & de la Ramiere, les arrêta plus longtemps qu'il n'avoient pensé, quoique Charles IX & la Reine sa mere s'y fussent rendus le 18 Octobre. Le même jour les assiégés firent une sortie dans laquelle ils tuerent & prirent bien du monde. La réduction de cette place coûta une blessure à *Gillon*, qui avoit eu le même sort à Moncontour. Pendant ce temps-là, l'Amiral mettoit les instans à profit. En peu de mois il refit une belle armée ; & lorsqu'on se flattoit qu'il ne pourroit plus rentrer en campagne, on lui vit remporter des avantages considérables, & réduire des provinces

provinces entières. Tel étoit Gaspard de Coligny : chéri des siens, respecté de ses ennemis, il ne paroissoit jamais plus grand qu'après ses défaites. Aussi la Reine comprit enfin l'impossibilité où elle étoit, de dompter par les armes un Général, qui, à mesure qu'on diminuoit ses forces, sçavoit si promptement les réparer (*k*). Selon *sa politique ordinaire*, elle eut recours à un moyen qu'elle crut infaillible contre un ennemi si fécond en expédiens ; *elle forma le dessein de suppléer à la force par la ruse. Pour vaincre la défiance commune à tous les Huguenots, elle offrit des conditions si avantageuses de paix qu'on ne pouvoit raisonnablement les refuser ; quoique l'Amiral fut sans cesse en garde contre les artifices de la Reine, il crut d'après*

(k) Tome I. liv. 2. pages 135 & 136.

ses propositions qu'elle vouloit sincèrement la paix. Elle se fit ; le Traité en fut conclu à St. Germain-en-Laye le 15 Août 1570. Brantome, créature des Guises, nous assure que la Cour ne la souscrivit *que pour se préparer à la fête de St. Barthelemi. Elle endormit la crédulité des Protestans par mille complaisances*(l). Elle eut toutes sortes de *ménagemens*; elle accorda au-delà de ce qu'on lui demandoit ; elle *sacrifia même* les intérêts des Catholiques à ceux de la Reforme, uniquement occupée *du dessein de frapper plus surement les Huguenots*. Elle paroissoit se livrer aux plaisirs, pour ourdir plus finement *sa trame*, tandis qu'elle laissoit meurir ce pieux projet. *Crillon* alloit faire la guerre aux Infidèles dans le golfe de Lépante, où

(l) *Tome I. liv.* 2. *pages* 137, 138.

il eſt inutile que nous le ſuivions. Un plus grand intérêt nous fixe en France.

On y exécutoit l'abominable complot du maſſacre général des Proteſtans. Mlle. de Luſſan, reconnoit que Catherine de Médicis l'avoit enfanté, & ſans y penſer, elle diſculpe le Prince de Condé, l'Amiral & tous leurs partiſans, en avouant *que le caractère de cette Princeſſe la rendit la cauſe des guerres civiles, qui troublerent & dechirèrent l'Etat pendant les regnes de ſes enfans* (m). Elle en fait en cet endroit un portrait épouvantable : » elle eût toujours, dit Mlle. » de Luſſan, le funeſte talent de » nourrir & de fortifier à la cour » & dans ſa famille l'eſprit de » parti, & d'y entretenir la divi» ſion, l'envie & les ſoupçons.

(m) *Tome I. liv.* 2. *pages* 160, 161, 164.

» Elle rendit toujours sans scru-
» pule ses enfans jaloux les uns
» des autres ; elle ne prit aucun
» soin de leur éducation ; elle les
» vit tranquilement se précipiter
» dans les plus grands excès
» de la dissolution ; persuadée
» que, plus ils seroient livrés aux
» plaisirs, moins ils songeroient
» aux affaires, elle ne leur apprit
» que l'art de feindre. Peu ai-
» mée des Catholiques, à qui sa
» Religion étoit suspecte ; haïe
» des Huguenots *qu'elle avoit si*
» *souvent trompés* ; elle passa sa
» vie à élever ou à abaisser, tan-
» tôt un parti, tantôt un autre.

Charles IX avoit bien profité des leçons d'une aussi digne Mère, & peu de Princes ont été si dissimulés que lui. Il ne pouvoit
» ouvrir la bouche sans proferer
» des sermens exécrables. Il s'aban-
» donnoit sans retenue aux plus

» sales plaisirs. Ses emportemens » fougueux & sa colere féroce » le rendoient redoutable à ses » Courtisans les plus familiers (*n*) ». Le Duc d'Anjou étoit cruel, superstitieux, & ce qui n'est pas toujours incompatible, abîmé dans la plus honteuse débauche. Le Duc d'Alençon, dernier des quatre fils de Catherine, étoit voluptueux (*o*), rongé d'ambition, inconstant, d'un génie borné, sans discernement, sans lumieres, sans prévoyance, sans réflexion, & nullement esclave de sa parole.

Tels étoient ceux qui ne pouvant vaincre l'Amiral *eurent recours à l'artifice & à la trahison en l'endormant sur la foi d'un traité de paix*, cimenté par le mariage de Henri de Navarre

[n] *Tome I. liv. 2. pages 64 & 65.*
[o] *Tome I. liv. 2. pages 169 & 170.*

Chef des Proteſtans, avec la ſœur de Charles IX (*p*). » Cette » alliance parut aux Proteſtans » un garant de la ſincérité des » intentions de la Cour, *qui ſembloit* vouloir *de bonne foi* entretenir la paix dans le Royaume, & regagner leur confiance. » L'Amiral s'étoit rendu à Paris » aux inſtances réitérées de deux » Maréchaux de France. Il fut » reçu du Roi avec tant de mar» ques de bonté, d'eſtime & de » tendreſſe, que le plus déſiant » & le plus pénétrant de tous les » hommes s'y ſeroit laiſſé sur» prendre. Le Roi l'appelloit *ſon* » *père*, & lui témoignoit être fâ» ché d'avoir été trop légèrement » crédule, & d'avoir maltraité » des Sujets, de la fidélité deſquels » il étoit convaincu; il fit plus,

(p) *Tome I. liv.* 2, *pages* 167, 168, & 169.

» il lui promit le commandement » d'une armée destinée à agir con- » tre les Espagnols «. Mais tout cela ne tendoit qu'à lui inspirer une funeste sécurité; qu'à le conduire lui & les siens à la boucherie. Mlle. de Lussan, pour empêcher aparemment son lecteur de faire des réflexions trop naturelles sur la dépravation d'une Cour dont elle fait l'éloge, emploie huit pages entieres, qu'elle ne pouvoit plus mal placer, à nous faire le récit des duels de *Crillon* & des avantures galantes des dames de la Reine.

La vertueuse Jeanne d'Albret, Reine de Navarre, qui venoit d'établir le Protestantisme dans ses domaines à la réquisition des états du pays, s'étoit rendue à la Cour de France pour assister aux nôces de son fils, & elle y mourut d'une mort si subite que personne ne douta qu'elle n'eût été empoisonnée(*q*). Le Cardinal de Châtillon, frere de l'Amiral, avoit eu le même sort peu auparavant en Angleterre, où il s'étoit réfugié pendant les troubles, préférant la liberté de sa conscience aux produits immenses de ses revenus éclésiastiques. on ne peut rien ajouter à la beauté de l'éloge que Mlle. de Lussan fait ici de Jeanne d'Albret, & qu'elle couronne convenablement en disant que ses éminentes qualités, ses rares vertus, qui la mettoient au rang des plus grands hommes, *ne furent jamais obscurcies par aucun défaut, & qu'elle fut digne enfin d'être Mere de Henri le grand*(*r*). Sa mort n'empêcha pas la conclusion du mariage, on avoit de

[q] *Tome I. liv. 2. page* 180.
[r] *Tome I. liv. 2. pages* 180 & 181.

trop fortes raisons de l'effectuer. La cérémonie s'en fit le 18 Août 1572 avec beaucoup de pompe & de magnificence. Le Roi fit embrasser le Duc de Guise & l'Amiral, & il continua de donner à ce dernier les témoignages les plus tendres de son estime & de son amitié. Jamais Prince de cet âge n'employa *la dissimulation & l'artifice avec un air si sincere & si ouvert.* Cette conduite ne rassuroit pas le Roi de Navarre & ses partisans; mais l'Amiral, si nous en croyons Mezeray, étoit si ennemi des guerres civiles, qu'il eût mieux aimé porter sa tête sur un échaufaut que de prendre de nouveau les armes; d'ailleurs il regardoit comme une terreur panique les inquiétudes des Huguenots (*f*). Il auroit bien dû changer d'idée,

(f) *Tome I, liv.* 2. *pages* 181, 182, 183.

par ce qui lui arriva le 22 Août en sortant du Louvre : comme il lisoit une requête, Maurevel, domestique du duc de Guise, lui fracassa le bras gauche d'un coup d'arquebuse. Il s'étoit placé, pour commettre cet assassinat, dans la maison de Vielmur qui avoit été précepteur du duc de Guise (*t*), & ce fut dans l'hôtel de ce Prince qu'il chercha d'abord un azyle, quand il vit que son projet n'avoit réussi qu'à demi. *Voilà*, dit froidement l'Amiral, *le fruit de ma réconciliation* avec le Duc de Guise. Dès que le Roi fut informé que l'Amiral n'étoit que blessé, il affecta une grande colere, il se rendit auprès de lui, & lui dit en l'embrassant, & en proférant *des sermens horribles : c'est à vous que la blessure a été faite, mais c'est moi qui la res-*

(t) *Tome I. liv. 2. pages* 183 & 184.

ſens, & j'en ferai une telle vengeance que la mémoire n'en ſera jamais oubliée. Il parloit plus juſte qu'il ne croyoit : l'action qu'il commit deux jours après ſera en exécration juſqu'à la poſtérité la plus reculée !

L'Amiral, trompé par ces belles paroles, fut la victime de ſa crédule confiance. Des conſeils ſanguinaires de Cathérine de Médicis, de la diſſimulation de Charles IX il réſulta l'affreuſe exécution du Dimanche 24 Août fête de la St. Barthelemy. Pour faire diverſion à cette ſcene d'horreur, l'Amiral repréſenté ailleurs, & pour cauſe, comme *le plus défiant de tous les hommes*, nous eſt ici donné pour un préſomptueux, plein d'une ſotte confiance, ridiculement entêté de ſes ruſes, de ſon adreſſe & de ſon mérite, en un mot, rempli d'une vanité si grossiere qu'elle le rendoit insupportable, même à ses plus zèlés partisans (*u*), & tout cela, sur le témoignage de Davila dont la partialité est manifeste.

Crillon tout zèlé Catholique qu'il étoit *osa désaprouver ce mystère d'iniquité, il l'avoit ignoré. On l'estimoit trop pour le lui confier, & il dit assez haut qu'on avoit fourni aux Huguenots un juste sujet de revolte*(*x*). Le premier acte de cette abominable barbarie se passa chez l'Amiral, qui ouvrit lui-même la porte de sa chambre à ses assassins, & leur tendit la gorge d'un air tranquile. Ils réculerent à son aspect, & l'infâme Besme fut le seul qui ósa porter le coup de la mort à ce vénérable vieillard. *En est-ce*

[u] *Tome I. liv. 2. page* 185. 186.
[x] *Tome I. liv. 2, page* 187.

fait ? cria le Duc de Guiſe de la cour. On jetta auſſi auſſi-tôt le cadavre par les fenêtres, on le traina dans les ruës, & on le pendit à un gibet.

Du plus grand des François tel fut le triſte ſort [y]

Après ce prélude infernal, Paris devint un théâtre d'horreur. Le ſang inondoit les rues ; les places étoient couvertes de corps morts ; le maſſacre dura pendant neuf jours. De la capitale, la frénéſie ſe communiqua dans les provinces. Cent mille hommes furent mis à mort. On ne trouvoit par-tout que des tigres altérés de ſang. Peu s'en fallut, dit un Auteur célèbre, que la moitié des François n'égorgeât l'autre. Les Rohans, les Caumonts, les guerriers les plus vaillans, périrent ſans gloire,

[y] *Voltaire*, Henriade, Chant 2.

eux que les hazards de la guerre avoient reſpectés. Ces rameaux illuſtres furent ſéchés preſque dans leurs racines. Mademoiſelle de Luſſan a couvert tout cela du voile de ſon ſilence, quoique les meilleurs Auteurs ſe ſoient crus obligés de le rapporter. Le Pere Maimbourg lui-même n'a pas oſé en ſupprimer le détail. Il en a été revolté : & ce vœu légitime lui eſt échappé.

Excidat illa dies ævo, nec poſtera credant ſæcula !

Après que les maſſacres eurent un peu ceſſé, on fit ſommer la Rochelle. *Le refus obſtiné* qu'elle fit d'ouvrir ſes portes, engagea, ſelon Mademoiſelle de Luſſan, le Duc d'Anjou à l'aſſiéger au mois de Novembre. Mais, que vouloit-elle que fiſſent alors les Rochelois (z)? Devoient-ils

(z) *Tome I. liv. 2. pages* 188, 189.

ſe ſier à des gens, qui pour les égorger avoient déjà abuſé de ce qu'il y a de plus ſacré parmi les hommes ? des ſermens les plus redoutables, des traités de paix, des myſtères même de la religion ? *Jamais on ne vit tant de valeur ni tant de réſolution qu'en montrèrent les aſſiégés.* Pouvoient-ils faire autrement ? Ils ſçavoient qu'ils avoient affaire à des Cannibales.

Crillon fit des merveilles, nous dit-on : mais elles furent en pure perte. Au mois de Février 1573 le ſage la Noue *bras de fer*, qui commandoit dans la place, fit une ſortie en plein midi. L'action dura ſix heures entières ; & les aſſiégeans y firent une perte effroyable, que l'on a eu ſoin de diminuer (*a*). Le Duc d'Anjou eut tout lieu de ſe re-

(a) *Tome I. liv. 2. pages* 190 & 193.

pentir de son entreprise. Il passa six mois devant la Rochelle : Il y perdit vingt mille hommes, sans être plus avancé que le premier jour. *Crillon* avoit été percé de coups dans une autre sortie du mois de Mars. La ville de Sancerre se défendoit d'un autre côté vigoureusement.

Par bonheur pour le Prince, on vint lui notifier qu'il avoit été élu Roi de Pologne ; & que, comme il avoit des compétiteurs, il étoit nécessaire qu'il se rendît au plutôt dans son nouveau royaume. On lui fit encore entrevoir qu'il seroit infailliblement croisé par les Protestans Polonois, s'il n'appaisoit pas ceux de France. Il ménagêa donc un traité de paix, mais qui ne fut pas générale. La guerre continua en Provence, en Languedoc, & dans quelques autres endroits.

Mademoiſelle de Luſſan nous rapporte à cette occaſion, ſur la bonne foi de *Gaufridi*, que Valavoire ayant réduit Menerbe proche d'Avignon, y établit le capitaine Ferrier, *auſſi brutal* que bon huguenot. Car les épithètes fâcheuſes ne lui coutent rien, quand il s'agit de gens qui ne penſent pas comme elle. Elle prétend que Ferrier fit des dégats effroyables aux portes d'Avignon, & qu'il commit les déſordres les plus honteux. Toute cette déclamation ne ſert qu'à orner l'oraiſon funèbre d'un frere de *Crillon*, qui fut tué en attaquant témérairement avec des milices Thadée de Barchy, qui étoit venu avec de vieilles bandes huguenotes renforcer Ferrier à Menerbe. Avignon paya par de bonnes contributions, la haute imprudence & la témérité de *Claude Balbe*.

Cependant le Duc d'Anjou partit pour la Pologne le 29 Novembre 1573, accompagné de *Crillon*. Je ne m'arrêterai point à ce qui lui arriva à Heidelberg. Il faut être d'un étrange caractère, pour blâmer le ressentiment de l'Electeur Palatin : Mais je conviendrai qu'il eût mieux fait de lui refuser tout net le passage. *Les sujets* représentés dans le tableau n'étoient point *des rebèles justement punis* : c'étoient des gens massacrés inhumainement au mépris de la foi publique (*b*).

Je ne sçais pas trop sur quoi se fonde Mademoiselle de Lussan, pour assurer que les Polonois d'aujourd'hui sont tous différens de ceux qui donnèrent tant de dégoût & de mécontentement au Prince de France (*c*).

(b) *Tome I. liv. 2. page 203.*

(c) *Tome I. livre 2. pages 212 & 213.*

Jean Casimir, Jean Sobieski, Auguste II, n'ont pas trop eu lieu de s'en louer ; & le Roi règnant ne voit pas souvent réussir les Diètes. En témoignant tant d'estime & d'amitié aux François de sa cour, Henri satisfaisoit, je le veux, à un penchant assez naturel, mais il n'en étoit pas meilleur politique.

LIVRE TROISIEME.

De 1574 *à* 1588.

DEPUIS la *Saint Barthelemy*, Charles IX n'avoit eu ni santé ni paix. La nuit, des songes affreux troubloient son sommeil ; & il étoit bourrelé le jour par les remords vengeurs de son forfait. Enfin, le sang lui sortit par tous les pores ; il cessa de vivre à vingt-quatre ans, le 30 de Mai 1574. Mademoiselle de Lussan ne s'est pas chargé la mémoire de ces menus faits. Henri III quitta aussi-tôt la Pologne, & vint prendre la couronne de France. En racontant qu'à son passage par Venise, *Crillon*, qui étoit à sa suite, reçut les honneurs de noble Vénitien qu'on avoit accordés à un de ses ayeux (*d*), on auroit bien dû ajouter que les Sénateurs de cette sage & ancienne République, de concert avec l'Empereur & la Gouvernante des Pays-bas, conseillèrent au jeune Prince de faire entièrement cesser les guerres civiles en France, en défendant d'opprimer les Protestans. On a mis à la place une généalogie de l'ancienne maison des Barons de Jaucourt d'Inteville, qui n'a-

[d] *Tome I. liv. 3. page 216.*

voit nul besoin que Mademoiselle de Lussan nous apprît son illustration.

Revenu à Paris, Henri n'écouta que la Reine sa mère, & ses Favoris, la plûpart pensionnaires du roi d'Espagne. Le Maréchal de Montmorenci-Damville, tout Catholique qu'il étoit, se joignit à d'autres mécontens de son opinion, & renforça les Religionnaires du Languedoc, dont il avoit le gouvernement (*e*). Les Vicomtes de Paulin, de Bonnin & de saint Amand, qui commandoient ces derniers, lui aidèrent à se saisir d'Aigues-mortes, le 10 Février 1575. *Crillon* fut fait Gouverneur du Boulonois, & Mestre de camp.

La Reine Mere & le Roi son fils, qui vouloient tous deux

(e) *Tome I. liv. 3. page* 220.

regner despotiquement, ne cherchoient alors qu'à se tromper l'un & l'autre. *Henri, livré à un loisir voluptueux, à une débauche affreuse, & au plus infâme libertinage*, n'étoit cependant guères propre à régir par lui-même un grand Etat. « Timide, soupçonneux, irrésolu, » défiant, fourbe, artificieux, il « étoit sectateur décidé du Ma« chiavelisme, & essayoit de ca» cher ses vices sous le masque » de la dévotion. Tout son rè» gne fut un contraste perpétuel » de dissolution & de pratiques » de piété, de parties de débau» che & de saints exercices. Les » Courtisans favoris, nommés ses » Mignons, s'emparerent de son » esprit » (*f*). Quelques qualités qu'on avoit reconnues en lui,

(f) *Tome I. liv.* 3, *pages* 223, 224, 225 & 228.

avant ſon élévation, diſparurent. *Il ne reſta que le Prince foible, ſéduit par la volupté, amolli par elle, & incapable d'aucune affaire. Dans ſes honteux amuſemens, il oublioit ſa dignité, & les devoirs qu'elle exigeoit de lui.* Tel étoit le nouveau Roi qui ſe propoſoit de ramener par la force les Proteſtans dans ſix mois à l'Egliſe Romaine (*g*), & d'enlever la Princeſſe de Condé à ſon époux légitime, en faiſant caſſer leur mariage. Catherine de Médicis traverſa bientôt ce dernier projet. Elle ne vouloit pas une Reine d'un eſprit auſſi ferme, & dont la vertu auroit été capable d'arracher Henri à une vie molle & pareſſeuſe, en réveillant chez lui l'amour de la gloire. La Princeſſe de Condé

(*g*) Voyez *ſes Edits de révocation dans* Soulier, prêtre.

périt d'une mort aussi prompte que violente (*h*). Peu après Henri III épousa la Princesse de Vaudemont-Lorraine. Mademoiselle de Lussan (*i*) avoue que, si Henri III eût fait cesser, comme il le devoit, la guerre civile par une paix sincère & solide, *il eût trouvé toutes sortes de facilités chez les Calvinistes qui étoient disposés à se soumettre, & à se relâcher de leurs anciennes prétentions*. Mais il rejetta leurs propositions, qui furent trouvées raisonnables par le Duc d'Alençon, qui ne balança pas à se mettre à la tête des Protestans. Sur la fin de 1575 le Duc de Guise marcha contre lui. Il eut un petit avantage à Château-Thierry le 10 Octobre. Cela fut

(h) *Tome I. liv. 3. pages* 229 & 233.
(i) *Tome I. liv. 3. page* 135.

suivi

ſuivi d'une trève ſort déſavantageuſe aux Catholiques (*k*).

Vers le même temps, le Roi de Navarre ſe ſauva de la Cour ſuivi de Lavardin, de Roquelaure; Fervaques les joignit bientôt après. Le trait de *Crillon* à l'égard de celui-ci eſt héroïque; mais je ne crois pas que perſonne approuve la témérité qu'il eut d'entrer chez la Reine de Navarre malgré les gardes & les ordres précis du Roi (*l*). Quand on me décrit des faits ſans les aprécier, je m'imagine lire une gazette. Dès que la cour vit le Roi de Navarre à la tête des Proteſtans, elle ſe hâta de pacifier; elle accorda le 10 Mai un nouvel édit: ce fut alors que la ligue commença à prendre de la conſiſtence; bien des gens qualifiés la

(k) *Tome I. liv.* 3. *pages* 242, 243, 244.
(l) *Tome I. liv.* 3. *page* 253.

souscrivirent à Peronne, dans la vuë d'anéantir l'édit; cette association couta bien du sang à la France, *le Duc de Guise en fut le chef. Ses vuës étoient différentes de celles qu'il présentoit au peuple; il aspiroit à se rendre maître de l'etat*; mais son ambition se cachoit sous l'apparence de zèle pour la Religion (*m*).

La plus grande partie de la France fut bientôt engagée *dans cette revolte, dont le Roi d'Espagne se déclara protecteur*, tandis que Henri III s'abaissoit à en être le ministre. On nous dit (*n*) que ce malheureux Prince devoit de toute nécessité prendre parti; que balancer une faction par l'autre, étoit un artifice usé qui n'en imposoit plus, un systême alors hors de saison, & que les inté-

(*m*) *Tome I. liv.* 2. *pages* 256, 257.
(*n*) *Tome I. liv.* 3. *pages* 258, 259.

rêts de la Cour exigeoient, qu'elle tournât du côté de la Ligue pour rompre les mesures du Duc de Guise : on verra bientôt comment cela lui réussit.

La Ligue ayant été signée par le Roi & le Duc son frere, les Etats assemblés à Blois en 1577 interdirent par toute la France le culte public de la Religion Protestante. Les Royalistes emporterent la Charité, Yssoire, Broüage, Tonnay, Charante & Marans. Le Duc de Mayenne fut nommé Lieutenant-général de la Ligue. Les Protestans de leur côté se saisirent de Montpellier & de quelqu'autres places, & élurent pour Général Toré, catholique & frere du Maréchal Daneville qui les avoit abandonnés ; le Maréchal de Belgarde & Crillon étant accourus avec *des soldats Italiens*, saccagèrent les environs de Nismes ; c'étoit le temps de la moisson, les bleds devinrent la proie des flames. *Jamais spectacle ne fut plus triste, ni plus touchant* (o). Les années suivantes la paix se rétablit de nouveau, & fut perfectionnée dans les conférence de Fleix & de Nerac en 1579. Le Roi institua l'ordre du St Esprit. Mezeray prétend que ce fut pour s'appuyer contre les entreprises de la Ligue ; mais Mlle. de Lussan, mieux instruite apparemment, soutient que ce fut dans la vuë *de retirer du parti Calviniste, les grands seigneurs de la Cour*, qui voudroient obtenir une décoration affectée aux seuls Catholiques. Elle convient au surplus *que l'ardent desir de l'honneur auquel les hommes sacrifient souvent l'honneur même, ne s'est point*

(o) *Tome I. liv. 3. pages 260, 261, 262.*

sentir chez les Huguenots (p). Je n'imagine pas que cela fut à leur desavantage en cette occasion.

Les guerres de la fin de ce règne ne sçauroient être mises sur le compte des Protestans en général, sur-tout si l'on veut se piquer un peu de bonne foi; elles furent occasionnées par les brouilleries qui survinrent à diverses fois entre le Roi de France & celui de Navarre. Les Ligueurs profitoient des circonstances, pour faire toutes sortes de maux aux Protestans, & sous un gouvernement aussi foible, ceux-ci étoient obligés de s'armer pour leur légitime défense; c'est ainsi que le Prince de Condé occupa la Fère qui appartenoit à sa maison, & que le Roi de Navarre se saisit de la ville de Cahors. Henri III obsédé par un conseil Es-

(p) *Tome I, liv. 3. pages 264, 265.*

pagnol, leur opposa trois armées commandées par le Maréchal de Matignon, par Biron & par le Duc de Mayenne. Le premier employa toute sa campagne à reprendre la Fere, où *Crillon* fut fait Sergent général de bataille. Les fils de Montgommery & de Moüy, la Mothe & St Marc avec la Noblesse Protestante de Picardie, défendirent vaillamment la place; enfin *Crillon*, malgré ses blessures, ayant emporté le bastion de Vendôme, la garnison capitula après que les assiègeans eurent perdus les meilleures troupes.

On se reconcilia en 1580, à Libourne; *l'artificieuse Catherine*, dit Mlle. de Lussan, *laissoit toujours dans les Traités quelques prétextes aux Huguenots pour rompre la paix* (q); ceci a be-

(q) Tome I. liv. 3. page 279.

ſoin de Commentaire : c'eſt-à-dire, qu'on y inſéroit habilement des termes équivoques, dont on ſe ſervoit enſuite pour les opprimer, ſous prétexte d'interpréter les édits ; cette méthode n'eſt pas morte avec elle, on l'a ſouvent pratiquée depuis. Le 15 Septembre 1581. Crillon fut fait Colonel des gardes Françoiſes ; il convertit enſuite dans un voyage la Mortie & Langlade de la plus ſingulière façon : *La Religion du brave Crillon ne ſçauroit être que la meilleure*, s'écrièrent ces bonnes gens : N'en auroient-ils pas pû dire autant du grand Guſtave ou du Maréchal de Saxe ? Sans offenſer notre hiſtorienne, on peut prendre cela pour des ornemens. Au reſte, Mlle. de Luſſan n'auroit pas dû faire mention des grands emplois que Crillon procura à ſes Proſélytes, *& qui les mirent dans une ſituation bien différente de celle où ils étoient :* le récit en auroit été plus édifiant & plus touchant (*r*). Au retour de Rome, Crillon fut fait Cordon-bleu, & peu après Henri III fut délivré des inquiétudes que lui donnoit le Duc d'Alençon ſon frere; mais la mort de ce Prince mécontent ne ſervit qu'à augmenter la puiſſance du Duc de Guiſe.

Ce Général adroit & inſinuant *exagéroit* aux Ligueurs les dangers que couroit l'Egliſe Romaine ſous un Prince auſſi foible que Henri III (*ſ*). Il repréſentoit avec artifice l'état déplorable de la France épuiſée d'impôts, & les diſſipations du Roi & de *ſes Mignons*, qui rédui-

(*r*) *Tome I. liv.* 3. *pages* 202, 203.
(*ſ*) *Tome I. liv.* 3. *pages* 275, 276, 277.

foient les fujets à la derniere misère. Quand il vit le Roi de Navarre devenu l'héritier préfomptif du thrône, *il redoubla fes intrigues, fes clameurs & fes manœuvres auprès du peuple, pour le porter à fe révolter; il n'oublia aucune des pratiques qui pouvoient faciliter fes vuës ambitieufes*; il engagea fes partifans à reconnoître d'avance *le vieux Cardinal de Bourbon* pour *héritier de la couronne*; il répandit partout *des manifeftes & des libelles*.

Henri III effrayé fuit le confeil de fa mere, négocie à Reims avec les chefs de la Ligue, & accepte à Nemours les conditions qu'ils veulent lui impofer. Il y fut ftipulé qu'il n'y auroit plus en France d'autre Religion que la Catholique; que dans un mois tous les Miniftres feroient tenus de sortir hors du royaume, & que tous les Protestans, qui n'auroient pas abjuré dans six mois, seroient bannis à perpétuité (1). Sixte-Quint donna une Bulle qui déclaroit *les Bourbons indignes & incapables* de succéder à la Couronne de France : seize bourgeois de Paris érigèrent un tribunal public, pour juger de la conduite de leur maître ; en un mot, les choses furent portées jusqu'à la dernière extrémité. Le Roi entraîné par le tourbillon donna un édit fulminant contre les Protestans, qu'il ne signa qu'*en pleurant*, au rapport *de Soulier*.

Dès qu'il fut publié, on se promit bien de le faire exécuter ; on obligea le Roi de lever cinq armées qui furent commandées

(1) *Tome I. liv.* 3. *pages* 299, 300, 301 & 302.

par les Ducs de Guiſe, de Mayenne & d'Epernon, & par les Maréchaux de Matignon & de Biron. Epernon fut fait Amiral du Levant, & Colonel général de toute l'Infanterie; la Lieutenance-colonelle du même corps fut donnée à *Crillon* avec la charge de Conſeiller d'Etat d'épée; il ſuivit en Provence en 1586. le Duc d'Epernon qu'on y envoyoit avec les meilleures troupes du royaume, pour en chaſſer Leſdiguieres. Il réduiſit Seine, & aſſiégea la Bréole, qui ſoutint un aſſaut, où *Crillon* fut bleſſé, ainſi que ſon neveu; cela procura à la garniſon une capitulation honorable. Chorges ayant ſubi le même ſort, les Proteſtans furent chaſſés de toute cette province, mais l'armée royale fut réduite à rien: il ſe paſſoit ailleurs des événemens plus considérables qu'on ne trouve point ici. Le Roi de Navarre fort inférieur en nombre, mais qui avoit des troupes aguerries, détruisit entièrement en 1587, une belle armée de Henri III dans les plaines de Coutras où le Duc de Joyeuse fut tué avec St Sauveur son frere. D'autre côté, le Duc de Guise battit à platte-couture le Duc de Bouillon à Auneau, & se rendit maître de toute la Champagne.

Mais de quoi servoient ses progrès à l'infortuné Henri ? il ne pouvoit compter que sur *Crillon*, sur le Maréchal d'Aumont, & sur un petit nombre de sujets fidèles. Sa propre mere conspiroit contre lui ; on ne cessoit de le rendre de plus en plus odieux au peuple ; on publioit hautement le dessein d'élire un Roi Catholique, sous prétexte qu'il ne sévissoit pas assez contre les Proteſtans. Mlle. de Luſſan eſt perſuadée que c'étoit *par un mal-entendu, & parce qu'ils croyoient défendre la bonne cauſe, que les Ligueurs s'étoient armes avec fureur contre leur légitime Roi*. Je le crois de même, du moins pour une partie d'entr'eux. Mais à qui fera-t-elle croire que les Proteſtans, *preſſés par un eſprit républicain viſoient à abattre la Monarchie* (u)? Eſt-ce donc qu'il manque en Europe des Proteſtans qui vivent ſoumis à des Souverains abſolus? Et pourquoi auroient-ils déſiré de changer la forme du Gouvernement? leur Chef étoit à un pas du Thrône.

Le foible Henri crut déconcerter ſes ennemis, en défendant au Duc de Guiſe de venir à Pa-

(u) *Tom. I, liv. 3, pages* 325, 326, 327 & 328.

ris ; mais ce rebelle méprisa une autorité désarmée ; il fit une entrée vraiment triomphante(x) ; la populace fut au devant de lui, elle *se mettoit à genoux, baisoit ses habits, & faisoit retentir l'air de ces cris profanes : Vive Guise! Hosanna Filio David*. L'Abbé Delbene proposa alors de le faire poignarder; il ne fut pas écouté ; mais cette ouverture fut mieux accueillie dans la suite. Le Duc de Guise enyvré *par une adoration si flatteuse & si générale*, excita ses partisans à faire des barricades à la Place Maubert, & dans le quartier de l'Université ; bientôt on les poussa à cinquante pas du Louvre, & les Suisses du Roi furent désarmés. Dans cette douloureuse situation Catherine de Médicis s'abaissa

[x] *Tome I. liv. 3. pages* 328, 329, 330, 331 ; & *Tome II. liv. 4. page* 36.

à capituler avec le Chef des rebelles. Il proposa les conditions les plus déraisonnables ; il demandoit la Lieutenance Générale de l'Etat, l'exhérédation de la branche de Bourbon, & la destitution de *Crillon* (y) : désespéré par des conditions aussi révoltantes, Henri III sortit de Paris par les Thuilleries avec douze Gentilshommes seulement, & se rendit à Etampes, & de-là à Chartres, tandis que Catherine amusoit son ennemi par de feintes négociations.

(y) *Tome I. liv. 3. page 341 ; & Tome II. livre 4. page 35.*

LIVRE QUATRIEME.

De 1588 à 1615.

Nous voici parvenus à une époque qui nous fournira moins de

réflexions ; dorénavant les Protestans seront les uniques soutiens du Thrône de Henri III & de Henri IV ; pour déclamer contre eux, pour criminaliser leurs démarches, il faudroit avoir le front des Souliers, des Brueis. Je ne pourrois reprocher à Mlle. de Lussan que des péchés d'omission, & je finirois même ici mes remarques, s'il étoit permis de s'arrêter à une époque si intéressante.

Les Gardes Françoises qui ne consistoient alors qu'en cinquante hommes & quatre mille Suisses, suivirent le Roi à Chartres, le Duc de Guise qui avoit osé *trop & trop peu*, pour un sujet révolté, feignit de se reconcilier avec la Cour, & vint saluer Henri III à Chartres ; il fut fait Généralissime, & on éloigna le Duc d'Epernon. Les

Etats furent convoqués à Blois pour le 16 Octobre. La plupart des Députés étant gagnés, tout s'acheminoit à la déposition de Henri III (*a*) quand il fit tuer le Duc de Guise & le Cardinal son frère par ses Gardes, dans la chambre du Conseil le 23 Décembre 1558. *Quoique fourbe, artificieux, plein d'ambition, jaloux du mérite des autres, adonné aux plaisirs les moins permis, le peuple abusé regardoit néanmoins Henri de Guise comme un homme pieux & réglé, & l'invoquoit comme un Saint dans ses prières.* Catherine de Médicis ne lui survécut pas beaucoup, elle mourut treize jours après dans sa 70e. année.

La Ligue fut transportée de fureur, quand elle apprit le sort

(*a*) *Tome II. liv.* 3. *pages* 16, 17, 22, 34 & 35.

de celui qui en étoit l'*ame*, & dont elle avoit fait *son idole & son héros*. Les Parisiens prirent le deuil ; le Conseil des seize vomit mille imprécations contre son maitre. Il établit le Duc de Mayenne, Lieutenant-Général de l'Etat & Couronne de France, & nomma le Duc d'Aumale son frere, Gouverneur de Paris. Le Vatican ayant lancé ses foudres contre Henri de Valois & les Bourbons, la Sorbonne rendit des Décrets épouventables. Marie de Cleves, Douairiere de Guise, fut autorisée à faire informer contre son Roi. Les plus sages Magistrats furent bannis, proscrits, emprisonnés, massacrés, suppliciés. On pendit les Portraits du Souverain à des gibets infâmes ; Pégenat, Curé de Saint Nicolas des Champs, monta dans la Chaire de Vérité pour exciter ses Auditeurs *à venger la mort du Héros Chrétien sur le Tyran hérétique.*

Exoriare aliquis nostris ex ossibus ultor !
Qui face Valesios ferroque sequare tyrannos [b] !

Henri III abandonné, se réfugia à Tours avec les meilleures têtes du Parlement & de la Chambre des Comptes; il implora le secours du Roi de Navarre & des Protestans. Le sage Duplessis Mornay conclut avec lui une trève d'un an. Aussi-tôt les Protestans marcherent en force au secours de leur Prince qui n'avoit autour de lui que 1400 Hommes de pied & cinquante Gentilshommes. Le Duc de Mayenne vint l'attaquer le 7 de Mai, & Tours auroit été emporté, s'il n'avoit été secouru à temps par le Comte de Chatil-

[b] *Tome II. liv. 4. page 39.*

lon, fils de l'Amiral. *Cillon* fut criblé de coups à cette attaque, & y perdit un de ses neveux. La jonction des deux armées Royales ayant été exécutée sans empêchement, elles vinrent faire le Siége de Paris, après avoir emporté diverses places. Les chaires retentissoient alors de l'affreuse doctrine, qu'on peut *arracher la vie* à un Prince qui favorise les hérétiques. *Jacques Clément*, Dominiquain, natif de Sorbone en Senonois, imbu de ce malheureux dogme, assassina Henri III à Saint Cloud le 2 Août 1589. Ce Prince étoit âgé d'environ trente neuf ans, & en avoit regné seize. Dès qu'il eut cessé de vivre, Henri IV, son Successeur légitime, se vit abandonné par le plus grand nombre des Seigneurs Catholiques. Leur prétexte fut qu'il étoit Huguenot, & que l'Hérésie monteroit avec lui sur le thrône (*c*). Le reste ne continua à le suivre qu'à condition qu'il se seroit instruire; & ce ne fut qu'après qu'il se fut *soumis* à ce qu'ils exigeoient de lui, qu'il fut proclamé Roi de France le 14 Août suivant. Cette formalité ne produisit pas un grand effet. *Une infinité de gens de qualité se jettèrent dans le parti de la Ligue*; & le nouveau Roi fut contraint de se retirer au fond de la Normandie (*d*). De leur côté, les Ligueurs donnèrent le nom de martyr à l'assassin; firent une gratification considérable à sa mère (*e*); & élurent pour Roi le Cardinal de Bourbon, qui mourut en 1591. Henri IV, soutenu des Protes-

(c) *Tome II. liv. 4. pages 64 & 66.*
(d) *Tome II. liv. 4. page 70.*
(e) *Tome II. liv. 4. pages 70, 71 & 72.*

tans, sortit vainqueur des combats d'Arques, Yvry & Fontaine-Françoise, malgré le grand nombre de ses ennemis. *Crillon* ne se trouva qu'à la seconde de ces affaires. Il se signala aussi à l'attaque des fauxbourgs de Paris; au siége de Rouen qu'on ne put réduire; à celui de Laon; & à la défense de Quitte-bœuf.

Henri IV ayant embrassé la Religion Catholique le 25 Juillet 1593, Paris lui ouvrit enfin ses portes, & cet exemple fut suivi par les principales villes de la ligue; mais ceux qui les déterminèrent à se soumettre firent payer leurs services bien cherement. Ce ne fut qu'en 1597 qu'Henri *le Grand* put parvenir à désarmer entièrement les Ligueurs, & à conclure la paix avec les Puissances étrangères qui avoient soutenu leur révolte.

Maitre paisible de ses états, qui lui avoient coûté tant de victoires, Henri IV crut devoir recompenser les importans services que lui avoient rendus ses sujets Protestans. Il leur accorda en 1598 le perpétuel & irrévocable Edit de Nantes que Louis XIV révoqua en 1685. *Crillon* servit en 1600 dans la Guerre de Savoie qui ne dura pas longtemps. Il se retira ensuite dans sa patrie, où il finit ses jours le 2 Décembre 1615 à l'âge de 75 ans. Il avoit partagé sensiblement la douleur que causa à tout le Royaume la destinée funeste de son grand Monarque, assassiné en 1610 par François Ravaillac. Heureuse la France si elle n'avoit pas vu le 5 Janvier 1757 renouveller ce crime exécrable en la personne de Louis *le Bien-aimé!*

FIN.

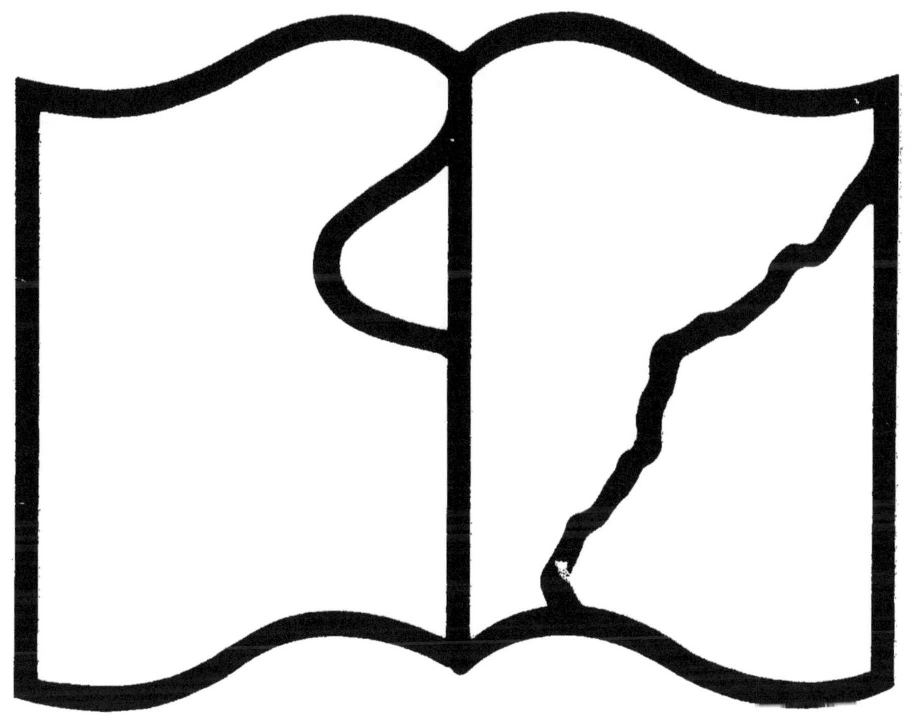

Texte détérioré — reliure défectueuse

NF Z 43-120-11

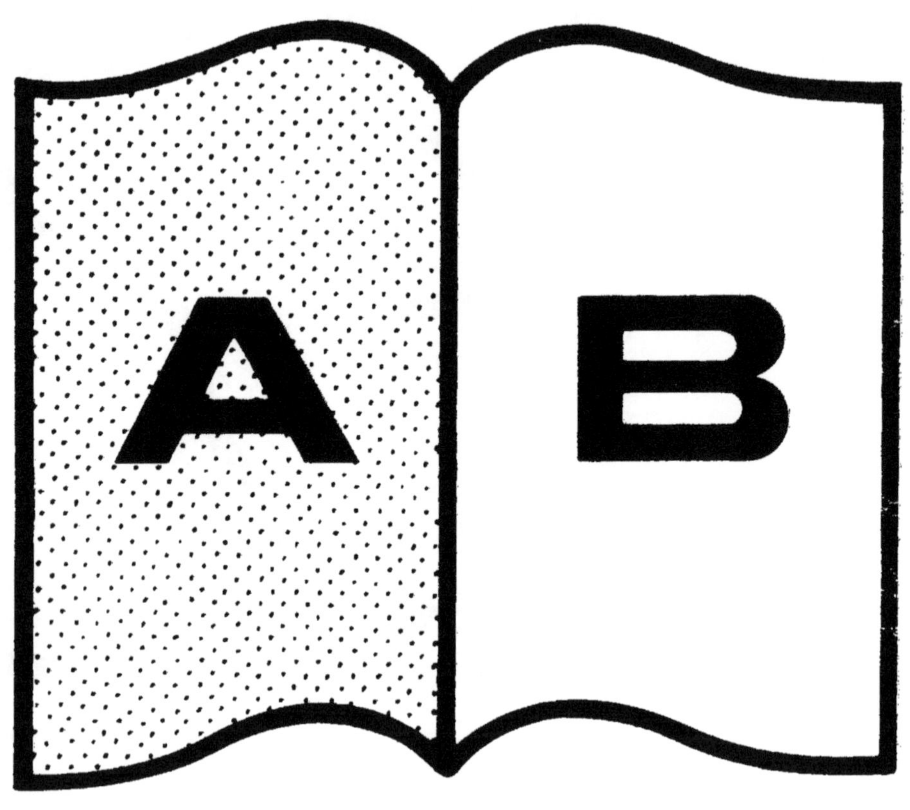

Contraste insuffisant

NF Z 43-120-14

www.ingramcontent.com/pod-product-compliance
Ingram Content Group UK Ltd.
Pitfield, Milton Keynes, MK11 3LW, UK
UKHW012241240726
13966UKWH00003B/1222